吉田州花句集

州花春秋

東奥日報社

目次

秋の七草

七二句

心細さは秋の七草果ててより
梅擬き届いて雪を待つことに
野ぶどうのじゅげむじゅげむと揺れはじむ

柿つるし早い日暮れを言い聞かす

薔薇枯れてわたし天動説のまま

初雪へりんごのうさぎなど切って

手荷物はひとつコスモス揺らし行く

同棲はコスモス咲いて終るまで

背を送るゼブラゾーンに溜まる雪

残されて灯すランプのありったけ

木枯しへ残りわずかのココ・シャネル

冬を越す準備　泥つき葱と恋

花柄の傘を並べて雪まぢか

雪予報大切なもの楯になる

これが朝これが雪国降りやまぬ

雪国の午前十時という暗さ

雪晴れ間インクリボンを買わなくちゃ

錆色になった実つつく鳥も冬

アザレヤ満開室温は二十度に
予報通りに晴れたら花の傘を持つ
縦糸は父系雪国育ちです

雪こんこ言葉はやせて生きのびる

こころには花色木綿敷きつめて

雪一面鴉は昨日からいない

折折に買い足しておくオブラート

冬ごもるサボテンの棘なお痛い

雪つづく紅差指のたいくつな

百ワット昼に灯して雪つづく

鳥はいま男のにおいむつききさらぎ

帰るのも雪がどっさりある所

青信号と赤信号と雪止まず

折ること尽きぬ二月の椿の朱

目の前のことしか見えぬ弥生三月

姦しく帰る白鳥ふっとしあわせ

ほろほろと忌あけのように春の雪

女人結界たちどまるのは母として

春一番　冷凍ピザを食べつくし

走りだす雪の住人ふきのとう

パイを焼く疲れたりんご春にする

修羅あしゅら覆いつくした雪がなくなる

男ひとり不在の重さ春はどか雪

よく喋るかたばみ育て春になったよ

あらあららとお財布が春になる
ヒヤシンス雪の季節はふり向かぬ
春がきたその日暮らしがいいらしい

無理をしないと菜の花月は来ませんわ

野放図に四月を追ってみやこ草

荒れ地にて種約束を守れない

密告のように四月のもどり雪

赤い月ぶらり告げてはならぬこと

私のために勿忘草を植えつづけ

青くおなりと隅っこには雄羊歯
万歩計かたくりを追い著莪を追い
どこへでも進んでお行き花はこべ

底抜けた籠にいろいろ放りこむ

スリッパは百円ショップ花柄ではないわ

風邪薬すこし残って雨水くる

結婚は一回だけの花はこべ
泣けないので時には月へ行く舟へ
行先が月なら明日を予約する

山吹きが風に吹かれているように
春がきても揺れない木だと思われる
母系二代は椿とはこべ住みわける

木綿豆腐のしたたかさなどありはあり
さくらさくら弥勒菩薩のある部屋で
いつだって傘なら買ってさしあげる

のうぜん花うさんくささを愛すべく

萩すすき足手まといになる日まで

泥舟を漕げば修治の十三夜

恋人は修治夫はななかまど
ひとりずつ連れてゆくのはお月さま
墓めぐる芒が原を横切って

空蟬

七二句

うつせみのかるさ　芒のひかりかた

お月さま約束の日は過ぎました

ねこじゃらしだってときどき折れそうに

迷惑をかけていたんだ吾亦紅
花飾るなんにもしない一日に
月が落ちそう　このまま歩いたら

筆圧が強くていつも見抜かれる

にわか雨殺し文句が生ぬるい

買い足してかいたして傘はさびしい

野ぶどうの青が味方とかぎらない

淡く抱かれて月が見えたわ

綴れ刺せ蟋蟀のこと兄のこと

わすれてよ私が魚になった日を

紛れなくO型ですが月が好き

ブレーカー落とさぬように秋になる

月の出が遅くて頼み辛くなる

野ぶどうをからませ私らしくなる

現身も影もゆるゆる雪の門

ブーツ新調雪なんか雪なんて

雪花やいつもここから一ページ

月見草ひっそり枯れた通夜の月

雪なのは銀杏並木が老いたから
神無月いい人なんかでいられない
キリギリスだって言われてこれから冬

雪見舞い寒さ見舞いに手をかざす

重ね着る何を語れという雪か

かけ違うボタン根雪をご存じか

雪のんのまちがいだった恋に降れ
旅をしようよ帰れなくなるところまで
0点にしないシナモンお好きなら

淋しいと言ってしまった方が勝ち
ぐらぐらのボタン明日だけ考える
かきまぜて溶けない部分だけわたし

積ってよ逢いに行けなくなるくらい
根雪まで待った私が馬鹿だった
もう終り　狼みたいに泣いたもの

このままの私でいてもいいみたい

まず耳が眠ったらしいバースディー

こんな夜は帯の物語をつむぐ

もう二月まだ二月だとシクラメン

待つ身にも待たせる身にも雪しとど

春はあけぼの二言三言聞きもらす

クロッカスこれからちょっとした戦

木の芽時みなぎるものは踏んでおく

がむしゃらが芽を出すのです卯月です

強がりに限界があり待つ桜

さくらさくら泣いていいよと誰も言わない

桜終ればみんな独りになりたがる

百年分生きてしまって閏三月

花色の花になるまでつづく問い

占いは信じお祈りなさいませ

その時は帯の殉死もありぬべし

ぬばたまの髪はもどらぬ江戸彼岸

柳にはもう戻れない　のだろうか

二日月なにもなかった日のように

柿の木で柿の渡世を張っている

野葡萄の青は鎮まりやがて雪

猫じゃらし一夜の雪に埋もれたり

待つがいいそれしか言わぬ冬の月

雪は結界ゆるゆる弥月待つことに

誕生日もう届かないシクラメン

雪をかき分けこの辺にパセリ

一月を無事に渡ればこっちのもん

積雪の百キロ先は晴れだろう

塩胡椒どっと強火に春だもの

春うららコーンポタージュに溶ける

山吹のほろりとエロスこぼしつつ

これが春これが五月の水たまり

五月生れはこの指とまれゼロになる

のうぜん花ずっとこの世にある段差

飢えてなお凌霄花にはならぬ

槿花一朝わが身ひとつをいとおしむ

ダウンジャケット

七八句

詩を書こうダウンジャケット買い足して

思われていた頃の萩　今の萩

自転車は盗まれました月と行く

芒野に女人結界などありし

月に謀られ誰かの腕のなかからしい

メロンパン好きな人とは暮らさない

絵葉書は野ぶどう入院してました

枯野ゆく乳房あっけらかんと晴

嘘とほんとの種をこぼした猫じゃらし

霜柱　次郎おくってから三月

野にあれば野に根をのばす射手座O型

勤行が洩れくる電話ここも秋

元気でねって雪がこんなに深いのに
好きですと言うから罰ゲームにつづく
真冬日の三日月だったのよわたし

すぐ凍るアロエとても気が合うの
ありていに言えば無口なうさぎです
働き通す手相人相十二月

言ったこと言えぬことなどまるめろ忌

ああ晴れたどっと外れるドアの鍵

信じてはいるが男と雨コート

心細さはりんごが実る頃だから

この先の雪の章から見えぬもの

雪のんの敵で味方で昼の月

神さまがかかとを踏んだから師走
すぐ怒るいちごなんかと棲みはじめ
相談してるのに月の満ち欠け

一族の私ひとりが楽天家

フライパン持てばなんとかなる夕餉

雪つづくときめく仕掛けなど編んで

相剋の雪か霰か如月か
行き暮れて出なおす決心がつかぬ
晴れた日の輝く氷柱見においで

元気ならあげるずーっと母だもの
買ってきたのよ小石を光らせる呪文
走るのよ止まればただの石になる

石ころに種まく射手座かも知れぬ

蛍火でこがすあなたというかけら

あくせくはしない一面雪だから

かたくなに楽天家です春までは
亡くなったそうだと雪のやまぬ夜に
一族は母住む斜塔見たがらぬ

寒の雨あしたの風を思うては

買いこんだお米大雪注意報

実南天　祈りいくつを吊るせるか

スカスカの牛蒡になってまだ二月

青青と春が犇く雪の下

火の色が見えるストーブ中心に

卒塔婆の字踊ってからが春ですの

無期刑は終って土筆ふきのとう

悪女です小指たびたび火傷して

告白のスープは出来た猫になる

早口のつくしたんぽぽ共犯者

無事だけど桜草なら咲いたけど

外反母趾は一代かぎり秘め通す

強いふりしたがる白い桜草

運勢欄　乗ってる舟はどこへ着く

悲しさは老いてゆくのだろう卯月

美しく老いるグループ顔洗う

雪のこと忘れてしまうらっぱ水仙

かたばみの鉄砲なんかに負けている

文面は土筆　四季折折の花切手

桜草一輪スタートは海鳴り

春だから何もない日のお赤飯

貰われてゆく帯の背景白にして

宥めてはいけないつゆ草の青は

お月見の宴ひとりが欠けたまま
九月までひとり暮らしを厭わない
空箱をつんで人生論なんて

鬼でいる　疲れましたとは言えぬ
土鳩ほっほう自転車はもうやめようか
モノクロの記憶別れた日のあたり

風通る部屋の白檀　鳥泣かせ

薔薇を買う日だよ魂やじろべえ

不幸などピアフ流れて赤ワイン

花柄のシーツを買おう無口になろう

明るい絵ばかり描いて疲れます

まだ続く私　動けぬ現在地

猫じゃらし

六六句

逢いたいと言わせるまでの猫じゃらし

逢えたってフランス菊が揺れるだけ

すみれ抱きひとりで雨をやりすごす

歩けない　もうたんぽぽじゃない私
バッテリーくされ縁だといわれても
はつなつの風のてのひら鎖骨を通る

言葉の棘ってときどき抜けなくなる
仁丹のようなプライド積む弥生
悪者がひとりいるから平和です

黙ってる方が利口なねこじゃらし
グーを出す負けねばならぬグーを出す
靴音を高く毀れるためだけに

逝くときの男の美学ひのきあすなろ

楷書から行書いのちの果てなんて

水鏡嘘はみだらに美しく

忘れてよ雨に遭ったと思ってよ
水になれたと昨日の日記とじたはず
背を向ける　くちびる泥を吐くまえに

引き返すまだ六月の雨だもの

とりあえず今日の雨から守る木偶

つぎつぎと雨降り花を摘んでしまった

しあわせな錐も鋏も錆びてゆく
明日へと小さな花火買い足して
言訳をぽろぽろこぼし除草剤

だまし舟誰か折ってよ夏がくる

ずぶ濡れの火曜返してくださるか

牛や馬　夏には夏のおままごと

葛咲いた誑かされてみるもよし

かき氷私のこころ召しあがれ

孔雀草満開あなたが知らぬ庭

今夜あたり萩とすすきになりますか

背を追って芒が原を踏み倒す

ようこそと言ったところで目が覚める

鬱陶しい人も味方も秋になる

月見草流れ解散した後で

喪主でした茗荷どっさり届けられ

ひまわりも女も雪になるまでを
すこしずつ男をほどくペンを研ぐ
月欠ける　人を待たせているのです

午後十時あなたと月を見る時刻

消えそうな火ですありがとうを焼べる

徒結び母の齢を越えてから

りんごパイ熱い家族でいることの
火事を消すのにサプリメントがいるのです
梅干しの塩分わかりあえぬこと

フライパン打ん投げてゆく旅だから
蓼そだつ群れねばならぬ人として
咲く場所は選びませんと嘘になる

秋刀魚ぼうぼうひとりで生きる日のぼうぼう

弱点を忘れてしまう神無月

電話機が死んでしまった時雨月

笹舟にふたりで乗ろうなんていう
シャネル五番と診療内科まで歩く
赤い花束すすきが原の先は墓地

雪よ降れ毒ある花が枯れるまで
メロンパン小鬼が留守にしています
割り切れるまでは雪漕ぐシクラメン

手鏡の後ろ姿の他人かな

ありがとう今まで飢えたことがない

ときどきは逃げだせるので我家です

初雪の足跡つづく従いて行く

雪道をもどる落としてきたボタン

息みっつついている間の雪の嵩

クリスマスツリーに淋しさを飾る

クリスマスごっこ終れば肩に雪

わすれることはたやすきことよ雪仏

桜　さくら

七二句

桜さくら逢わねば冬が終らない

祠抱く桜に呼ばれ駈けている

滝桜　囲われている幸不幸

桜待つ淋しさごっこから抜ける

北の桜へ転がってゆく水の婚

まちがいは何もなかったかに桜

春うららまだ鈍感でしあわせで
花に実に椿ゆすってばかりいる
つじつまはそのうち合おうねこじゃらし

秘して花流れて花の拳なれ

若葉つんつん生意気盛り輝いて

反抗期どこにぶつかるどんぐりよ

旅支度カレーに注ぐ赤ワイン

雨女なれば予報は見ない旅

玄関の魔除けの鬼が年を取る

ケチャップは嫌い足並み揃わない

入梅やフジ子ヘミング聴かなくちゃ

働こう山椒ぴりりと曲がり角

逢えばまた風の棲家へ誘われる

華やぐは合わせ鏡のうなじかな

病む人を恋うては熟すへびいちご

コンビニを越えて夜中のポストまで
平成のさら地でふえる姫女苑
どこにでも勿忘草は咲くのです

逢えたのに物言わぬ顔美しい

指切りのあの日を灰にして山背

好きでした過去形になる骨ひろう

骨箱の重さ伝言香りたつ

星になる話今日から信じない

月見草ルール違反のときめきは

ハッピーエンドになるのに十年の歳月

雨の日が好きですなんて言えません

どくだみを絶やさずにおく雨つづく

渡されたわすれな草に縛られる

徘徊の猫も私も月見草

祈り三昧ひっそり育つ苔の花

何に火を付ければいいか寒い夏

じゃが芋が届く味方が健在で

小松菜の硬さ同居の亀の位置

夜更してミシン踏んでる私生活

シャガール　美智　人はいつでも淋しがる

支柱倒れて自由と引き換えに

十五夜と私　鉄橋通過中

何を信じて栗は実ってゆくのだろう

水甕を満たす途中で脱げた靴

かたばみの種遠く飛び秋ですね

結論をあなたが出したので森へ

花野行く連れの図鑑の頁数

匕首のぼろぼろこぼれその行方

皿割るはたやすきことよ陽は西へ

せかせかと蜘蛛と私に雪が降るまで

紅玉へナイフ十字につき立てる

責め通す雪の色にはならぬあやまち

手をつなぐ　寒さ一枚着たままで

霜月は終り人恋う雪になる

雪だより朝の枕の下へくる

初雪の足跡ポストまでつづく

初雪が落葉を覆う日記帳

早く来るバスも雲も情がない

硬い雪　黒のブーツで越してきた

寒の雨別れのことば諳んじる

きのうから私素足の寒椿

雪祭り終れば平らなる浮世

三月の樹の下で生むドレミファソ

補強する爪の弱さよ弥生三月

三月の開花予報と雪予報

氷紋やいとも多情な風邪薬

シャンパンのすぽんと飛んで雪は結界

不器用に雪庇　朝日の方角へ

夜が明けて白い呰をくらべあう
如月のマーガレットから盗むもの
解けてしまえば雪もあなたも遠いこと

あとがき

「ひなた水」を上梓してから　十年の歳を重ねた。今さらながら川柳は生きてゆくことの水先案内であったと気付く。

「ひなた水」のあとがきに、これが最後の句集とは言わない　生きてみなければ明日のことなど解らないのだから。と書いたが心ではこれが最後だろうという気がしていた。

Z賞へ応募し始めた頃、草兵先生に「雪の句は書き尽くしました　もう雪の句は書けません」と申しあげたことがあった。

答は「生きていればその時その時の雪があるものです　同じ日はありません」であった。

この先　十年はもうないのかも知れないが一日一日を大切に生きて行くことに変りはない。

「州花春秋」は十年を遡って見たのだが、私はこんなに多くの人と関り、ご縁を頂いていたのだと自分の至らなさばかりが胸に刺さった。たくさんの感謝に満たされもした。

句集を編むということは、こういう事だったのだと改めて思った。

ご縁のあった皆様に、たくさんの「ありがとう」を申しあげてあとがきと致します

二〇一五年　夏の終りに

吉田州花

著者略歴

吉田州花（よしだ　しゅうか）
昭和十四年十二月十四日生まれ。本名、ちか子。昭和五十一年川柳入門　師系　杉野草兵。第五回北貎賞、第二・四回北蒼賞、第二十六回幌都賞、第十七回青森県文芸新人賞、第二十三回川柳Z賞受賞。
句集　「花影」「転がる栗」「ひなた水」
句文集　「雪舞い」

住所　〒〇三〇―〇九六三
　青森市中佃三丁目一四―一六
電話（FAX）〇一七―七四一―七五三八

東奥文芸叢書　川柳26

吉田州花句集　州花春秋

発　行　二〇一六（平成二十八）年二月十日
著　者　吉田州花
発行者　塩越隆雄
発行所　株式会社　東奥日報社
〒030-0180　青森市第二問屋町3丁目1番89号
電　話　017－739－1539（出版部）
印刷所　東奥印刷株式会社

ISBN－978－4－88561－227－5　C0092　￥1200E

東奥日報創刊125周年記念企画

東奥文芸叢書　川柳

高田寄生木　千島　鉄男
岡本かくら　岩崎眞里子
渋谷　伯龍　高瀬　霜石
野沢　省悟　工藤　青夏
む　さ　し　千田　和美
斉藤　劦　須郷　井蛙
佐藤　古拙　角田　古錐
笹田かなえ　福井　陽雪
滋野　さち　鳴海　賢治
斎藤あまね　内山　孤遊
杉野　草兵　小林不浪人
後藤蝶五郎　梅村　北仙
豊巻つくし　吉田　州花
沼山　久乃　佐藤とも子
熊谷　冬鼓　沢田百合子
（既刊は太字）

東奥文芸叢書刊行にあたって

青森県の短詩型文芸界は寺山修司、増田手古奈、成田千空をはじめ日本文学界をリードする数多くの優れた文人を輩出してきた。その流れを汲んで現代においても俳句の加藤憲曠、短歌の梅内美華子、福井緑、川柳の高田寄生木など全国レベルの作家が活躍し、その後を追うように、新進気鋭の作家が次々と現れている。

１８８８年（明治21年）に創刊した東奥日報社が１２５年の歴史の中で醸成してきた文化の土壌は、「サンデー東奥」（１９２９年刊）、「月刊東奥」（１９３９年刊）への投稿、寄稿、連載、続いて戦後まもなく開始した短歌・俳句・川柳の大会開催や「東奥歌壇」、「東奥俳壇」、「東奥柳壇」などを通じて、本州最北端という独特の風土を色濃くまとった個性豊かな文化を花開かせてきた。

二十一世紀に入り、社会情勢は大きく変貌した。景気低迷が長期化し、核家族化、高齢化がすすみ、さらには未曾有の災害を体験し、その復興も遅々として進まない状況にある。このように厳しい時代にあってこそ、人々が笑顔と元気を取り戻し、地域が再び蘇るためには「文化」の力が大きく寄与することは間違いない。

東奥日報社は、このたび創刊１２５周年事業として、青森県短詩型文芸の優れた作品を県内外に紹介し、文化遺産として後世に伝えるために、「東奥文芸叢書（短歌、俳句、川柳各30冊・全90冊）」を刊行することにした。「文化」の力は地域を豊かにし、世界へ通ずる。本県文芸のいっそうの興隆を願ってやまない。

平成二十六年一月

東奥日報社代表取締役社長　塩越　隆雄